DISCOURS

PRONONCEZ

DANS L'ACADÉMIE

FRANÇOISE,

Le Mardy 29. Decembre MDCCXXXIII.

A LA RÉCEPTION

DE M. DE MONCRIF,

ET

DE M. DUPRÉ DE SAINT-MAUR.

A PARIS,

De l'Imprimerie de JEAN-BAPTISTE COIGNARD Fils,
Imprimeur du Roy, & de l'Académie Françoise.

MDCCXXXIV.

M. DE MONCRIF *ayant été élû par*
Meſſieurs de l'Académie Françoiſe à la
place de feu M. L'EVESQUE DE BLOIS,
y prit ſéance le Mardy 29. *Decembre* 1733.
& prononça le Diſcours qui ſuit.

MESSIEURS,

Je ne puis mieux employer le moment où je
joüis, pour la premiere fois, de l'honneur de vous
être aſſocié, qu'à vous expoſer l'idée que j'ai con-
çuë des travaux qui vous raſſemblent.

Se repréſenter l'Académie Françoiſe occupée
uniquement à cultiver notre Langue, c'eſt lui
donner un éloge, dont on ne ſent pas toujours
toute l'étenduë. Le progrès de la Langue n'entraî-

ne-t'il pas néceffairement le progrès de l'efprit ?

Lorfque par le concours de vos lumieres, vous fixez le fens véritable de chaque mot ; que vous démêlez les nuances (fi j'ofe m'exprimer ainfi) de ces expreffions qui femblent appartenir à une même idée, & qui placées comme elles doivent l'être, different fi fenfiblement entr'elles ; quand vous faites connoître en quoi confiftent ces tours heureux, d'où naiffent & la force & l'agrément du Langage, n'eft-ce pas guider l'efprit dans la marche qu'il doit garder (quelque carriere qu'il fe propofe de remplir) pour être ou fimple, ou profond, ou délicat, ou fublime ? N'eft-ce pas enfin lui donner lieu de s'étendre, de fe perfectionner ? Et que doit-on penfer de ceux qu'une fi noble fonction occupe ! On ne prête des fecours à l'efprit, qu'en les empruntant de lui-même.

Il vous eft aifé, MESSIEURS, de contribuer à ces deux progrès qui naiffent réciproquement l'un de l'autre. Les autorités qui juftifient vos décifions ne vous font prefque jamais étrangeres : Vous n'avez, pour inftruire, qu'à étaler vos propres richeffes. Donnez-vous des préceptes ? Vos Ouvrages en font en même-tems les exemples.

Difons encore avec cette confiance qu'infpire une vérité reconnuë, les Ecrits les plus excellents en tout genre font formés dans votre fein, ou ne tiennent leur principal merite, que de ce qu'ils femblent vous appartenir.

Reconnoître l'utilité de cette Académie, & l'é-

clat qu'elle a répandu fur la Nation, c'eſt nom-
mer votre Fondateur. Ce Cardinal, dont le génie
également vaſte & ſublime, fit ſentir à l'Europe
que pour porter la France au plus haut dégré de
ſplendeur, il ne falloit que lui apprendre à ſe
connoître : ARMAND, dis-je, après avoir étendu
les limites, & multiplié les avantages intérieurs
de l'Etat, s'empreſſa d'y ajouter ce Monument qui
devoit en accroître la gloire. Qu'il ait penſé que
c'étoit élever en même - tems un trophée à la ſien-
ne, ce motif a toujours excité les grands Hommes. La vertu qui les anime, n'exclut pas le déſir
d'attirer la louange. Quiconque a ſçû mériter un
ſi noble tribut, n'a-t'il pas droit de chercher à en
joüir ?

Un Miniſtre, occupé des vûës dignes de ſes lumieres ſupérieures, ne ſe rend pas toujours la Re-
nommée également favorable : quand il auroit le
ſuccès le plus heureux dans les événemens, combien pendant les intervalles éprouve - t'il de juge-
mens injuſtes ? Tandis qu'il employe tout l'art de
la plus ſage politique, le profond myſtére dans
lequel il l'enſevelit, & qui en eſt lui-même le reſ-
ſort le plus difficile à être aſſujetti, & peut-être le
plus important, lui dérobe ſouvent la plus juſte
partie de la gloire qu'il devroit en recueillir.

RICHELIEU voulut former un établiſſement
qui dès ſa naiſſance préſentât toute ſon utilité : Il
fonda l'Académie Françoiſe.

L'effet répondit à ſon attente, l'ouvrage parut,
il étoit perfectionné, & vous n'eûtes à pleurer à la

mort de votre Fondateur, qu'une perte commune
à toute la France. Vous aviez raſſemblé trop de
grands Hommes pour lui chercher un Succeſſeur
hors de vous. SEGUIER mérita d'être choiſi; il
vous donna un aſyle, & animé d'un zéle, qui ne
pouvoit naître que dans l'ame d'un vrai Citoyen,
il ſoutint un Etabliſſement dont un autre empor-
toit tout l'honneur.

C'étoit le Siécle des prodiges, LOUIS XIV.
regnoit. Les Nations les plus jalouſes de ſa puiſ-
ſance, ambitieuſes de lui reſſembler, imitérent ſa
magnificence, adoptérent ſes maximes; & préfé-
rerent à leur Langue naturelle, la Langue Françoiſe que vous aviez renduë ſi célébre par les
loüanges de leur Vainqueur. Quel aveu plus écla-
tant de la ſupériorité de ce Monarque ! Ses ennemis
les plus implacables ne purent s'empêcher de le
prendre pour modéle.

Tout devoit marquer l'aſcendant de LOUIS
LE GRAND. Devenu votre Protecteur, il
ſembla qu'il avoit applani les routes penibles, que
les talens & la ſcience avoient été forcés de ſuivre juſqu'alors. Vous vîtes bientôt avec étonnement les fruits précieux qu'un travail long & aſſi-
du ne produit encore que rarement, devenir un
ornement nouveau de la jeuneſſe. M. l'Abbé de
CAUMARTIN, lorſqu'il fut honoré de vos ſuffrages, étoit à peine à la fin de ſon cinquiéme
luſtre.

Les progrès, auſſi grands que rapides, qui
avoient déterminé votre choix, lui avoient peu

couté : l'esprit en lui avoit fait la moitié de l'ouvrage.

Né avec cette pénétration vive qui saisit d'a-
bord dans les choses ce qu'elles ont d'essentiel ;
doüé de cette imagination heureuse, qui sçait or-
ner avec mesure ce qu'elle présente, comment M.
l'Abbé de CAUMARTIN n'auroit-il pas réüni les connoissances étendües & la véritable éloquence ?

Vous sçavez combien sa conversation étoit so-
lide en matiere de science & de litterature ; mais
vous avez sur‑tout éprouvé ce charme qu'il sça-
voit répandre sur les choses les plus dépourvûës
d'agrément par elles-mêmes ; cet art inexplicable
qui ne s'acquiert que par l'habitude de vivre avec
les personnes en qui il reside, & que ceux qui le
possedent le mieux ne peuvent eux‑mêmes dé-
finir : espece de magie, (si j'ose le dire) qui n'est
point attachée à l'esprit superieur, qui peut servir
à l'embellir, & qui le plus souvent réüssit encore
mieux que lui.

Ce n'étoit pas seulement ce qui rendoit le
commerce de M. l'Abbé de CAUMARTIN si désira-
ble ; ce grand nombre d'amis qu'il a conservés
toute sa vie, & dont il avoit l'entiére confiance,
en fait encore mieux l'éloge, & fixe la véritable
idée de son caractere.

Quelque état qu'il eût embrassé, il étoit né pour
en avoir les qualités les plus éminentes ; celles du
Prélat avoient dès long-tems devancé sa nomina-
tion à l'Evêché de Vannes, d'où il a passé à celui
de Blois. Je ne rappellerai point ici tout ce qui le

rendoit recommandable : une autre Académie vous en a fait entendre un portrait hiſtorique, où vous avez reconnu le langage de la vôtre.

Je devrois peut-être, MESSIEURS, ne vous parler que de vos regrets. Vous allez connoître qu'il peut m'être permis d'y mêler les miens.

Vous venez, en m'adoptant, de remplir une ambition que feu M. l'Evêque de Blois m'avoit inſpirée ; il avoit depuis long-tems trouvé dans ſa Famille des exemples de bonté & d'amitié pour moi, qu'il avoit daigné ſuivre, & dont les marques ne s'effaceront jamais de mon cœur. Combien de fois m'a-t'il témoigné le deſir de m'accorder un jour ſon ſuffrage ? Le ſort a voulu que ce fût M. l'Evêque de Blois lui-même, qui fît naître ce jour, où tant d'amertume a combattu ma joye : J'euſſe été trop heureux ſi je n'avois eu que des graces à lui rendre !

Vous êtes ſenſibles aux pertes que vous faites ; mais elles n'ont pu jamais vous allarmer ſur la deſtinée de cette Académie : ſes avantages deviennent plus aſſûrés de jour en jour. Telle que dans ſa première ſplendeur, Elle voit encore dans ſon propre ſein, & l'appui, & le garant de ſa gloire : Cet illuſtre Académicien * ſi digne de l'être par les graces & l'élévation de ſon eſprit, & dont vos Aſſemblées ſont privées par ſes grandes occupations ; ce Dépoſitaire modeſte de l'autorité Royale, n'attire-t'il pas inceſſamment ſur l'Académie les regards favorables du Monarque qui la protege, tandis que le *Heros dont la France a ſi ſouvent

couronné

* L'éloge prononcé par M. de Boze à l'Académie des Belles Lettres.

* S. E. M. le Cardinal de Fleuri.

* M. le Maréchal de Villars.

couronné les Victoires, invite les Mufes Françoi-
fes à de nouveaux chants de triomphe. Oüi,
MESSIEURS, croyons-en la voix de l'Europe
entiére, tout ce qui fait la veritable grandeur de
cet Empire, ne peut que recevoir un nouveau
luftre fous le Regne d'un Roi jeune, & l'amour
de fes Sujets.

Je n'ai point encore laiffé parler les fentimens
dont m'a pénétré le choix que vous avez daigné
faire de moi. Je n'avois point à craindre qu'ils
vous paruffent douteux : les graces qui flattent l'a-
mour propre de celui qui les reçoit infpirent bien
fûrement la reconnoiffance la plus fenfible, & la
mienne eft fondée fur des motifs encore plus puif-
fans. Affez heureux déformais pour partager vos
occupations, quelque haute idée que je me fois
faite de cette Académie ; je verrai fans doute
la verité paffer encore mon attente. Je fçai qu'il
eft des objets de notre admiration, qui bien loin
de perdre à être examinés de près, nous frappent
au contraire plus vivement, & s'embelliffent à
mefure qu'on peut les diftinguer, & les connoître davantage. Le Prince * à qui j'ai l'honneur
d'être attaché me le fait éprouver tous les jours : il
femble par l'habitude de l'approcher (& il eft bien
rare que de l'habitude naiffent des fujets d'éloge)
il femble, dis-je, qu'en lui l'éclat du rang ne foit
que la recompenfe des qualités perfonnelles. Si
l'accueil dont il favorife manifeftement le merite
Litteraire & les Arts ; fi la protection dont il

* S. A. S.
Monfeig-
neur le
Comte de
Clermont.

B

m'honore, ont contribué à m'élever à la place où je me vois; quelle eſt ma joye de pouvoir me flater que mon aſſiduité à vos Aſſemblées, mon zéle à profiter de vos lumieres, me donneront lieu de juſtifier ſes bontés, vos ſuffrages, & l'honneur dont je vais joüir parmi vous!

M. DUPRE' DE SAINT-MAUR *ayant été élû par Messieurs de l'Académie Françoise à la place de feu M.* L'EVESQUE DUC DE LANGRES *, Pair de France, y prit séance le Mardi* 29. *Décembre* 1733. *& prononça le Discours qui suit.*

MESSIEURS,

Je me vois avec étonnement dans cette Augufte Compagnie. Quels titres m'y ont introduit ? Je n'en veux chercher d'autres que vos bontés ; elles me touchent plus que la gloire même à laquelle vos fuffrages m'élevent aujourd'hui.

Votre indulgence m'autorife à compter entre vous quelques amis ; permettez-moi, MESSIEURS, de m'en flater. Sans cette confiance oferois-je me préfenter dans une Affemblée où l'amour des Lettres réünit avec tant d'éclat des Perfonnes recommandables par leurs talens , célébres par leurs Ouvrages, illuftres par leurs dignités ?

Tels furent, MESSIEURS, les Hommes rares qui formérent votre Etabliffement, & qui vous préparérent les moyens de porter notre Langue à ſon plus haut point de perfection. Avant qu'ils paruſſent, l'enflure, l'affectation, les tours emprun- tés des Langues étrangéres, & les citations ame- nées en foule pour faire briller un ſçavoir inutile au ſujet, paſſoient parmi nos Orateurs pour l'ame de l'éloquence. Nulle conduite dans les Ouvrages d'eſprit ; un monſtrueux aſſemblage de figures en- taſſées ſans choix en offuſquoit toute l'ordón- nance.

Ces ornemens prodigués ne ſatisfaiſoient point la raiſon ; mais on étoit entraîné par l'exemple ; vos Ancêtres s'élevérent : ils entreprirent d'étouffer ces informes productions d'une fauſſe Litterature, ou d'une imagination peu réglée.

ARMAND, à qui rien n'échappoit, fut frappé du ſuccès de leurs travaux. Ce ſublime génie, ſemblable à ces intelligences qui préſident aux deſtins des Empires, comprit que ſes vûës ne de- voient pas ſe reſtreindre à remporter des victoires, à prendre des villes, & à conclure des traités. Il voulut encore que la France lui dût le goût & la politeſſe que viennent aujourd'hui chercher parmi nous les autres Nations.

Ses regards animérent votre Societé naiſſante : & bientôt vos Ecrits, modéles parfaits en tous genres, nous apprirent à ne reconnoître de beautés que dans l'accord de l'eſprit & de la raiſon ; les ténébres qui régnoient depuis pluſieurs ſiecles ſe diſſipérent ; l'éloquence reprit ſon ancien luſtre ; & les penſées qui ſont en apparence le fond le plus libre que les hommes tiennent de la nature, commencérent à s'affujettir aux régles.

Seguier votre fecond Protecteur foûtint l'ouvrage de Richelieu : dès-lors vous vous fites un
devoir d'immortalifer ces deux grands hommes ;
vous leur rendez fans cesse hommage, & dans les
loüanges dont vous leur payez un tribut toûjours
nouveau, toûjours varié, les ressources de votre
efprit font encore moins admirables, que la con-
ftance de vos fentimens.

Oüi, Messieurs, la reconnoissance eft la
premiere loi que votre choix nous impofe ; aussi
les qualités du cœur, comme celles de l'efprit,
font-elles le vrai caractére de l'homme tel que
vous le demandez, & tel que vous le formez.
Vous les aviez trouvées, Messieurs, dans
l'Illuftre Prélat à qui j'ai l'honneur de fuccéder.

Je ne releverai point ici l'éclat de fa naissance.
D'autres motifs plus touchans pour Vous, détermi-
nérent vos fuffrages en fa faveur ; on n'a point
oublié que fa jeunesse annonça les difpofitions
les plus heureufes ; que l'étude paroissoit moins un
travail pour lui qu'un amufement ; & qu'à peine
forti de l'enfance il fentoit toutes les beautés
d'Homére & de Virgile.

A la lecture des meilleurs Ecrivains de l'anti-
quité profane, il joignit l'intelligence de la langue
dans laquelle ont été dictés les Livres faints ; & la
fecheresse de cette Langue ne lui ôta rien du bril-
lant ni de la délicatesse qu'on admiroit dans fa
maniére de penfer & de s'exprimer.

Des talens fi diftingués lui méritérent l'honneur

de votre adoption : mais la douceur qu'il goûtoit dans vos exercices ne prévalut point sur ses devoirs ; l'épiscopat vous l'enleva ; & sa résidence dans son Diocése, où il s'ensevelit jusqu'à sa mort, consomme son éloge.

Plus j'envisage la superiorité de ses connoissances ; moins je me sens capable de reparer la perte que vous avez faite. Qu'aurois-je, MESSIEURS, à produire pour justifier un choix qui m'est si glorieux ? Seroit - ce la foible traduction du chef-d'œuvre de la Poësie Angloise ? Je ne m'aveugle point assez pour croire ce premier essay digne de Vous. Quand vous avez jetté les yeux sur moi, sans doute vous vous êtes souvenus de Monsieur de Valincour, & vous avez accordé au sang qui m'unissoit à lui, une place que vous n'aviez jusqu'à présent déférée qu'au mérite.

Heureux si j'acquerois dans vos entretiens cet aimable enjouëment d'esprit qu'il tenoit de la nature, & cette majestueuse simplicité de stile qui donnoit de la force à ses discours, sans en écarter les graces.

Un triste évenement nous a privés du plus noble fruit de ses veilles. La gloire de LOUIS LE GRAND n'en souffrira point ; nos fastes peuvent perir ; les merveilles de son regne vivront éternellement : l'envie elle-même pourra - t'elle cesser de publier les actions d'un Héros qui fut tout ensemble, le modele, la terreur, & le soûtien des Rois ?

France, ta splendeur est l'ouvrage de cet

Augufte Monarque; tu lui dois plus, tu lui dois
un Prince dans lequel tu vois revivre toutes fes
vertus; fon zele pour la Religion, fon amour pour
la juftice, fa tendreffe pour fes peuples, & cette
prudence confommée, qui dans l'âge des paffions
le rend auffi maître de lui-même qu'impénetrable
dans fes fecrets.

Déja fes armes victorieufes vengent les droits
des Souverains, & la foudre tombe fur fes ennemis avant même qu'ils ayent preffenti l'orage
qui les menaçoit. L O U I S, au milieu de fes
triomphes conferve toûjours fa moderation; l'u-
nique objet de fes conquêtes eft de nous ramener
cette paix aimable qui fit fi longtems fes plus
cheres delices.

Quel vafte champ, M E S S I E U R S, pour exer-
cer les divers talens que vous poffedez ! Quel
bonheur pour Vous de trouver dans la voix publique les Eloges que vous devez à votre Protecteur ! En expofant vos fentimens, vous deve-
nez les interpretes de la Nation; vous partagez
ces fentimens avec elle; mais les graces dont vous
les ornez vous les rendent propres.

Continuez, M E S S I E U R S, de tranfmettre à
la pofterité les loüanges de ce grand Roi. Vous
y joindrez celles d'un Miniftre vertueux, mo-
defte, équitable, occupé du bien public, né-
gligeant fa propre grandeur, & qui dans le plus
haut rang n'a d'autres richeffes en partage que
la confiance de fon maître, & la véneration des
hommes. Les fages principes par lefquels il fe

conduit n'ont jamais varié , & les fentimens qu'il a imprimés à notre jeune Monarque affûrent notre felicité.

RE'PONSE

RÉPONSE DE M. DE BOZE

Directeur de l'Académie, aux Difcours de M. DE MONCRIF, & de M. DUPRÉ DE SAINT-MAUR.

MESSIEURS,

Nous devons aux fentimens d'eftime & d'amitié, qui nous uniffent autant que le titre d'Académiciens, l'extrême douleur que nous caufe la perte de nos Confréres, & les regrets que nous faifons éclater jufques dans la réception de leurs Succeffeurs. Mais, inftruits comme nous le fommes, que ces évenemens, plus ou moins précipités, font également dans l'ordre de la Providence, il y auroit de l'injuftice à ne ceffer de fe plaindre de leur inévitable fatalité, & à ne vouloir jamais y trouver de juftes fujets de confolation.

Sans ces révolutions, fi fouvent imprévûës, ou accompagnées de circonftances finguliéres, l'Académie, toujours bornée à un petit nombre d'hommes choifis, auroit - elle eu l'avantage de poffeder depuis fon établiffement, tout ce que la

C

France a produit de plus diſtingué par l'érudition, le goût & la politeſſe?

* M. l'E-
vêque de
Vence.

L'éloquent Prélat *, dont il n'y a pas encore un an que le nom a heureuſement paſſé dans nos Faſtes, n'y auroit-il point abſolument échappé? Et vous, MESSIEURS, quelque recommandables que vous ſoyez par d'ingénieux Ouvrages, en quel tems y ſeriez-vous parvenus?

M. l'Evêque de Blois, à qui vous ſuccedez ici,

* à M. de
Moncrif.

MONSIEUR, * y avoit été admis dans ſa plus brillante jeuneſſe; il avoit à peine vingt-cinq ans, que la voix publique & les ſuffrages de l'Académie lui déférérent unanimement le Laurier deſtiné à couronner de rares talens ou de longs travaux. Déja, il joignoit à une grande connoiſſance des Langues ſçavantes, la plus heureuſe facilité à s'exprimer dans la nôtre, & cette ſorte d'éloquence indépendante des expreſſions, que la Nature prend quelquefois plaiſir d'attacher aux regards, au ſon de la voix, à la ſeule répréſentation. Critique judicieux, Cenſeur délicat, le fruit de ſes recherches paſſoit ſans faſte dans ſes diſcours, & cette Académie n'eſt pas la ſeule qui en ait profité.

Je rappelle en ſimple Hiſtorien, le détail que j'ai

*Dans l'A-
cadémie des
Belles Let-
tres.

déja fait ailleurs * de ſes talens. Il vous étoit réſervé, MONSIEUR, de mettre la derniére main à ſon éloge, de nous le peindre Tendre, Généreux, Compâtiſſant, Fidéle à ſes devoirs, & toujours auſſi Aimable que Vertueux. Pouviez-vous mieux juſtifier notre choix qu'en acquittant ce que nous devions nous-mêmes à la mémoire de votre Prédéceſſeur?

Achevez de le remplacer par vos fentimens pour l'Académie, par votre affiduité à fes Affemblées, & fi nous fommes en droit d'exiger quelque chofe de plus, par votre empreffement à marquer au Prince * qui vous honore d'une protection fi diftinguée, notre refpect, notre reconnoiffance & notre admiration.

* S. A. S. Monfeigneur le Comte de Clermont.

Les Mufes feules fembloient le difputer aux Graces ; un bruit de guerre fe fait entendre, & il vole à la Gloire. Objet d'étonnement pour le vulgaire, qui croit que la Gloire, les Graces, les Mufes, font autant de rivales, jaloufes de former féparément des Héros qui leur appartiennent en propre, au lieu qu'elles y travaillent de concert dans le Sang de CONDE', & que la Religion même s'intéreffe au fuccès.

Jufqu'ici, MONSIEUR, vos Ecrits ne lui ont montré la vertu que fous un afpect riant, parée de fleurs, prêtant des charmes à la raifon, & défarmant les paffions jufques dans le fein des plaifirs. Il s'ouvre une nouvelle route ; & pour ne le point perdre de vûë, vous vous éleverez fans peine au Grand & au Sublime dont fon ame vous fournira le modéle.

Pour vous, MONSIEUR *, digne héritier de l'efprit & de la tendreffe d'un Confrére, dont le fouvenir nous fera toujours cher, ce n'eft ni à ce titre-là que vous avez follicité nos fuffrages, ni la première fois que vous y avez eu part. Mais, il faut l'avouer, la place que vous occupez enfin, eft une de celles que nous comptions le moins avoir à remplir.

* à M. Dupré de S. Maur, coufin germain de M de Valincourt.

C ij

L'Académie ne fe confole qu'avec peine de la perte de ceux qu'elle voit céder à la fatale nécessité des ans, après lui avoir été long-tems utiles, & s'être couverts d'une gloire qu'ils fembloient ne pouvoir plus augmenter.

M. l'Evêque de Langres nous eft enlevé à la fleur de l'âge, dans les premiéres années d'une réfidence néceffaire, & lorfqu'il fe flatoit le plus de pouvoir bientôt fe livrer à la douceur de nos Exercices.

Il les aimoit, & il étoit digne de les aimer, par l'élévation de fon génie, par le fonds & la variété de fes connoiffances, par l'exemple d'un Pere, né lui-même pour le bonheur des Lettres, comme pour la perfection des Arts & la fageffe des Confeils; par le feul nom de fes Ancêtres, les MONTAUSIERS, les RAMBOUILLETS, dans la Maifon de qui s'étoient formés les VOITURES, les BALSACS, les VAUGELAS, & tant d'autres Hommes illuftres.

Joignez, s'il fe peut, MONSIEUR, ce que nous efpérions de lui à ce que nous attendons de vous; & que n'en devons-nous point attendre, après l'élégante traduction que vous avez donnée de ce Poëme *, que l'Angleterre met au-deffus d'Homére & de Virgile, & que nous leur préférerions comme elle, fi nous ne confultions que le choix, l'intérêt & la grandeur du fujet?

* Le Paradis perdu de Milton.

On diroit que l'Auteur même, jaloux d'une réputation plus étenduë & moins fufpecte, vous auroit aidé à tranfporter dans notre Langue le feu de fes Penfées & de fes Expreffions, la hardieffe de ſes Métaphores , & l'eſprit de ſes Allégories ; car ce ne ſont pas les membres épars du Poëte , c'eſt Milton tout entier que vous nous avez rendu.

Qu'il me ſoit permis , MESSIEURS , de vous expoſer une réflexion que la lecture de cet Ouvrage m'a ſouvent fait faire.

Un travail agréable , toujours heureux , toujours utile , auroit , ſans doute , fait à jamais partie de la félicité de l'Homme , s'il s'étoit conſervé dans le précieux état d'innocence où il avoit été créé : charmé de voir le fruit de ſes ſoins , lui fournir ſans ceſſe de nouveaux ſujets d'hommage & de reconnoiſſance , il ne pouvoit y attacher une trop grande idée de ſatisfaction & de bonheur. Tout travail n'eſt donc pas la ſuite ou la peine de la deſobéïſſance de notre premier Pere ; il eſt ſeulement vrai qu'à meſure que nous nous ſommes plus éloignez de notre céleſte origine , les difficultés ſe ſont accumulées autour de nos moindres travaux ; que leur peu de ſuccès , ou l'eſpéce d'ingratitude , dont nous craignons qu'ils ne ſoient ſuivis , nous en inſpirent d'avance le dégoût , & que loin de tâcher à le vaincre par un généreux effort , nous nous accoûtumons inſenſiblement à n'en accuſer que nos triſtes deſtinées.

Venez , MESSIEURS , nous aider par votre exemple , à détruire un préjugé , qui tenant notre ame captive , l'aviliroit , au point de lui faire oublier qu'elle eſt une portion de la Divinité même , & que le plus ſûr moyen de l'y réünir , conſiſte à l'occuper d'une maniére digne d'Elle.

Tel eſt le véritable objet de nos occupations. Si nous nous appliquons à polir, à perfeƈtionner le langage, ce n'eſt pas dans la ſeule vûë de flatter l'oreille par des ſons harmonieux, de donner plus de juſteſſe & de clarté à la Proſe, un vol plus hardi & moins téméraire à la Poëſie; c'eſt principalement, pour rendre les preuves de la verité plus fortes & plus ſenſibles, les images de la vertu plus reſpeƈtables, & mériter l'attention de la Poſterité, autant par la délicateſſe du pinceau, que par l'importance & la majeſté du ſujet.

Nous avons à lui apprendre, Qu'il eſt des Peuples aſſez heureux, pour n'admettre aucune différence entre le zéle & le devoir, entre l'amour de la Patrie & la gloire du Souverain; Qu'il eſt des Miniſtres ſages & puiſſans, ſimples, affables & tranquilles, au milieu du mouvement qu'ils donnent à l'Univers entier; Qu'il eſt des Rois Magnanimes, qui ſacrifient leurs plus grands intéreſts au repos & à la tranquillité publique, & que rien n'arrête, dès qu'il faut venger la Splendeur du Trône qu'on offenſe, ou ſecourir des Alliés qu'on opprime; des Rois, enfin, qui ne veulent être couronnés par les mains de la Viƈtoire, qu'après l'avoir été par celles de la Juſtice & de la Piété.